Um peixe boiando no ar

Um peixe boiando no ar

Ricardo Azevedo

PARA GOSTAR DE LER

Um peixe boiando no ar
© Ricardo Azevedo.

Presidência Guilherme Alves Mélega
Vice-presidência de soluções e serviços educacionais Camila Cardoso Rotella
Diretoria de soluções educacionais Lidiane Vivaldini Olo
Gerência sênior de conteúdo Julio Cesar Augustus de Paula Santos
Coordenação editorial Laura Vecchioli do Prado
Edição Gabriela Castro Dias
Colaboração Vivian Mendes Moreira
Qualidade editorial e indicadores Flávio Matuguma (ger.), Bruno Moderno (coord.), Bárbara Fernandes da Silva, Daniela Carvalho, Malena Ribeiro, Sara Jesus e Thiana Trindade
Planejamento, controle de produção e indicadores Flávio Matuguma (ger.), Juliana Batista (coord.) e Renata Caroline de Oliveira Mendes (analista)
Revisão Letícia Pieroni (coord.), Aline Cristina Vieira, Anna Clara Razvickas, Carla Bertinato, Carolina Guarilha, Daniela Lima, Danielle Modesto, Diego Carbone, Elane Vicente, Gisele Valente, Helena Settecerze, Kátia S. Lopes Godoi, Lara Cigagna de Godoy, Lilian M. Kumai, Luana Marques, Luíza Thomaz, Malvina Tomáz, Marília H. Lima, Paula Freire, Paula Rubia Baltazar, Paula Teixeira, Raquel A. Taveira, Ricardo Miyake, Shirley Figueiredo Ayres, Tayra Alfonso, Thaise Rodrigues e Thayane Vieira
Arte Fernanda Costa (ger.), Carlos Roberto de Oliveira (líder de projeto) e Anna Júlia Medeiros Martins (edição de arte)
Diagramação Anna Júlia Medeiros Martins e Carolina Mano
Design Marcos Lisboa (projeto gráfico)
Iconografia tratamento de imagem Roberta Bento (ger.), Iron Mantovanello (coord.) e Fernanda Crevin
Ilustrações Ricardo Azevedo

DADOS INTERNACIONAIS DE CATALOGAÇÃO NA PUBLICAÇÃO (CIP)

Azevedo, Ricardo
 Um peixe boiando no ar / Ricardo Azevedo; ilustrações do autor. — 1. ed. – São Paulo : Ática, 2024.
 112p. : il. (Para Gostar de Ler)

 Bibliografia
 ISBN 978-85-0820-033-7

 1. Poesia infantojuvenil brasileira. I. Título.

24-1304   CDD B869.1

Angélica Ilacqua – Bibliotecária – CRB-8/7057

Código da obra CL 538910
          CAE: 857045
2024
1ª edição
Impressão e acabamento: Vox Gráfica / OP: 248530

Direitos desta edição cedidos à SOMOS Sistemas de Ensino S.A.
Av. Paulista, 901, 6° andar – Bela Vista – São Paulo – SP – CEP 01310-200

Tel.: (0xx11) 4003-3061
Conheça o nosso portal de literatura Coletivo Leitor: www.coletivoleitor.com.br

IMPORTANTE: Ao comprar um livro, você remunera e reconhece o trabalho do autor e o de muitos outros profissionais envolvidos na produção editorial e na comercialização das obras: editores, revisores, diagramadores, ilustradores, gráficos, divulgadores, distribuidores, livreiros, entre outros. Ajude-nos a combater a cópia ilegal! Ela gera desemprego, prejudica a difusão da cultura e encarece os livros que você compra.

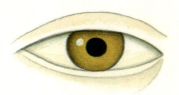

Os poemas e desenhos de *Um peixe boiando no ar* são resultado de um trabalho que venho desenvolvendo há anos, desde 2004, época em que lancei *Ninguém sabe o que é um poema*. Nesse meio-tempo, publiquei *Feito bala perdida e outros poemas* (2007) e *Caderno veloz de anotações, poemas e desenhos* (2015), além de obras de outros gêneros literários. Tanto textos como imagens do livro têm em comum a pretensão de emocionar e dialogar com o leitor jovem, mas, certamente, não apenas com ele. Preciso dizer que as imagens não são "ilustrações" dos textos – até porque nenhuma delas foi criada a partir de um deles. Alguns poucos textos, porém, surgiram de desenhos feitos anteriormente. Vejo os poemas e as imagens como "textos" a serem lidos pelo leitor. No geral, buscam compor certo painel subjetivo e humano sobre assuntos ariscos, contraditórios e imprevisíveis. Estes são, creio, assuntos da poesia.

Aos queridos Martim e Inácio.

Com lápis e aquarela
eu fiz meu autorretrato.

Em cima pintei o céu.
Embaixo pintei o mar.

E, no meio da paisagem,
um peixe boiando
no ar.

Ricardo Azevedo

Ideias e imagens pululam feito sereias
da máquina de pensar e sentir.

Sem barco nem marujos
para me proteger,
eu mesmo me amarro no mastro
da embarcação imaginária.

Não para escutar o canto das sereias.

Sim, para distinguir
da cantoria inútil,
a voz, a vez
e o vão.

Ricardo Azevedo

Não fique alegre
nem triste.
Viemos ao mundo
para criar
o que ainda não
existe.

Soltos na paisagem que galopa,
acontecimentos, besteiras,
libertações, preconceitos, mentiras,
trombadas do Bem contra o Bem,
esperanças, erros, recomeços,
injustiças, acertos,
velhas e novas definições,
coisas que construímos,
coisas que desconstruímos,
crenças que imaginamos ver,
fatos que estão na cara
mas não vemos.

Gosto cada vez mais
do mundo em que vivemos

Vai embora,
praga desonesta.

Cai fora,
bicho lazarento.

Larga do meu pé.
Sai da minha vida.
Volta pra noite que te pariu.

Leva tua febre,
tua fúria,
teu vazio.

Dá o fora, vírus voraz.
Vê se me deixa
fazer meu verso
em paz!

Ricardo Azevedo

Não foi nada por acaso,
não foi sorte nem azar,
não estamos de passagem,
viemos para ficar.

Um peixe boiando no ar

Seria o racismo
um tipo de doença?
Uma peste sem cura?
Um vírus que apodrece
a vida, o pensamento,
a razão, a arte,
a ciência, a cultura,
a civilização?

Ou não passa,
o racismo,
de um cinismo
autocomplacente,
um lixo mental,
um sonho escroto de
superioridade,
uma *big* de uma baita
imbecilidade?

Ricardo Azevedo

Para alguns, a melhor ideia era
virar do avesso,
chutar normas, quebrar regras,
começar tudo do zero.

Para outros, o grito, a porrada,
a ordem indiscutível,
o fórceps,
a busca alucinada
do controle.

Deu no que deu:
o tudo virou fumaça
e o controle
coisa que passa.

Sacrifico sonhos.
Desmonto armadilhas.
Refaço cálculos.
Invento argumentos.
Consulto manuais.
E vou ser sincero:
pouco importam os custos
operacionais.

Necessito e espero
seus olhos presos nos meus,
seu medo, sem começo nem fim,
sua dança, seu calor,
seu desejo revelado
em mim.

Digo não a fatos e argumentos.
Desprezo sei lá por que
sua experiência
seu trabalho
sua trajetória
sua luta
seu conhecimento
seu estudo.

Esse é meu jeito, cara!
Não tô nem aí.
Posso estar errado, pô,
mas e daí?

Ricardo Azevedo

Prisioneiros da telinha
confundem dia com ano,
trocam seis por meia dúzia,
germano por gênero humano.

Prisioneiros da telinha
já não sabem olhar em volta,
nem percebem a diferença
entre a paz e a revolta.

Mesmo dentro, vivem fora
e não ligam com certeza
pra quem mata a fauna e a flora
e destrói a natureza.

Não sabem se um governante
é honesto ou é ladrão.
Desconhecem a sociedade.
Nunca põem o pé no chão.

E se o povo passa fome?
E a criança abandonada?
Gente presa na telinha
não consegue enxergar nada!

Se tem gente que é bacana.
Se tem gente invejosa.
Se tem gente que é amiga.
Se tem gente criminosa.

Como não olham o sinal,
cruzam as ruas desligados.
Vira e mexe, infelizmente,
podem ser atropelados.

Sem enxergar a cidade,
o seu bairro ou sua rua,
esses caras já não vivem
nem no mundo, nem na lua.

Ricardo Azevedo

Jogaram meus livros no fogo.
Atiraram o piano pela janela.

Destruíram papéis, sonhos,
rascunhos, planos, ideias,
desenhos, anotações.

Partiram dando risada,
mas não tem nada!

Dentro de mim,
sólida e transparente,
respira uma estrada.

Fizeram investigações.
Grampearam o telefone.
Verificaram antecedentes.
Vasculharam.
Deram ordens.
Expediram mandados.

Chegaram em plena madrugada,
cercaram a casa
e entraram atirando.

Deixaram meu ponto de vista
ferido de morte
caído no chão.

Uma alegria
pequena
vadia
me dói no coração.

É que o relógio daqui
deu cinco horas.

Bato meu ponto e me apronto
pra tomar um trem
que me leve de volta.

Chego tão tarde
cansado
calado
suado
só eu sei.

Bato na porta
(meu Deus, mas você é bonita!)

Olho os teus olhos
e sinto uma saudade.

Vem e me põe
tua chama.

Ricardo Azevedo

A vida é um texto que escrevemos
desde o dia em que nascemos.

Não é preciso saber ler e escrever
(até porque, neste caso, ninguém sabe).
Escrevemos sem saber como. Apenas isso.

No começo, são ideias sem sentido,
pequenos garranchos,
rabiscos, rascunhos, anotações.
Demora até a escrita tomar corpo,
mas isso não quer dizer nada.

Caminhamos sem um roteiro definido.
Escrevemos sem saber no que vai dar.

Podemos mudar tudo depois
e encontrar novos caminhos.
Podemos pensar em desistir.
Podemos recomeçar.
Não faz mal.

A vida é um texto que escrevemos
desde o dia em que nascemos
até o ponto-final.

Ricardo Azevedo

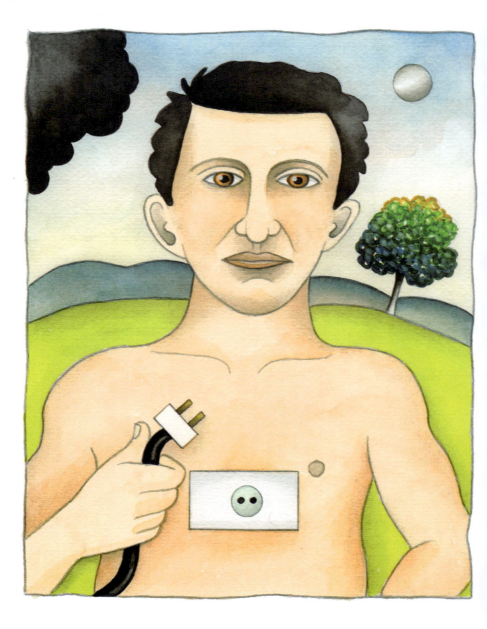

As flores nascem nas mãos
dos eternos namorados.
O perfume sai da pele
de quem anda apaixonado.
A luz brilha devagar
nos olhos de uma pessoa
que procura outra pessoa
pra revelar seu amor.

Os ventos vêm pra levar
as nuvens do pensamento.
Noite escura, vai embora,
sai do meio do caminho
que a esperança vai parar
no coração da pessoa
que procura outra pessoa
pra revelar seu amor.

Palavras são pra deixar
o tempo sem movimento.
Relógios de todo mundo,
um minuto de silêncio
que o amor já vai chegar
para enfeitar a pessoa
que procura outra pessoa
pra revelar seu amor.

Ricardo Azevedo

Minha propriedade
é minha própria
idade.

Um vírus para e pensa:
seria o tal ser humano
uma espécie de doença?

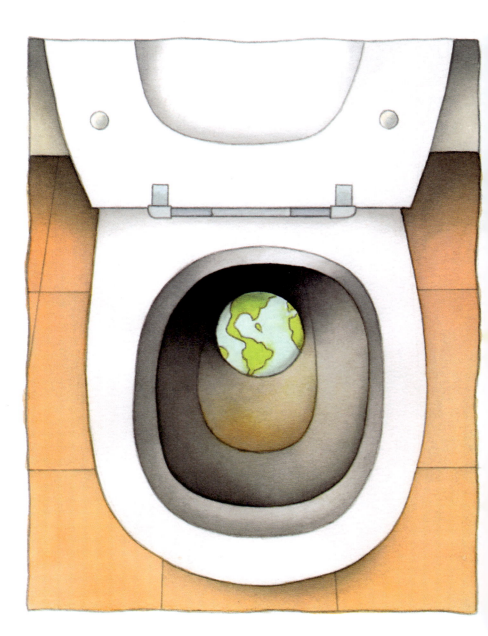

Um sonho meio
zoado
cabeludo
enrolado
sem juízo
descolado
atrevido
invocado
bem maneiro
descarado
verdadeiro
mas falseta
pode gostar
de uma treta
pode até ficar
tristonho
mas não deixa
de ser sonho.

Se de mim vem a sede,
diante do rio,
vivo contra a parede.

Uns vão que vão.
Outros fingem que vão.
Uns calculam o vão.
Eu não.

Tive medo e fiz assim:
um muro em volta de mim.

Agora vivo no escuro,
comigo por trás do muro.

Altos cortes de cabelo,
pinturas, *piercing*, tatuagem,
com a calça nova rasgada,
eu sigo a minha viagem.

Mas, sei lá, não vivo em paz.
Algo dentro me divide:
às vezes sou um cabide,
às vezes viro um cartaz.

Tanto faz ficar em casa.
Tanto faz sair na rua.
Levo uma dor guardada
numa gaveta do peito.

Quando a hora é de alegria.
Quando a hora é de tristeza.
Levo uma dor guardada
numa gaveta do peito.

Se durmo cheio de medo.
Se acordo com esperança.
Quando fico apaixonado.
Na hora de dar no pé.

Quando perco a confiança.
Quando decido voltar.
Seja lá ou seja aqui,
já disse que não tem jeito.

Tenho essa dor calada.
Trago essa dor colada.
Levo uma dor guardada
numa gaveta do peito.

Cultura para uma meia dúzia
de uns três ou quatro.

Assuntos pinçados a dedo
no labirinto do próprio umbigo.

Niilismos só para quem pode
e chora de boca cheia.

Autocomplacência
com panca de essência.

Retórica desfilando de maiô,
sem carne, nem substância.

Como isso cansa!

Presos num quarto,
soltos no mundo,
com rota planejada
ou vivendo a esmo,
estamos condenados a viajar
levando a gente mesmo.

Ricardo Azevedo

Tudo criado
checado
calculado.

Tudo planejado
milimetricamente.

Tudo resultado
de horas de trabalho,
pesquisa e debate.

Tudo preparado
para dar errado.

O isolamento do eu
não só dói,
mas ainda vai doer,
como sempre doeu.

Na árvore da vida
não tem falha nem folha:
tudo é escolha.

O céu ficou podre.
A terra ficou podre.
O mar, nos lugares onde há mar,
lançou ondas podres sobre
a vida e o mundo.

A semente derrubou a árvore.
O depois destruiu o antes.
Os rios envenenaram suas fontes.

Tudo porque um cara de apenas três anos
— Aylan Kurdi era seu nome —
desistiu de chegar
e nunca mais virá morar
com a gente.

Ninguém desmancha o inexistente,
nem lê o que não foi escrito.

Não se destrói nem se refaz
o que nunca foi feito.

Eis porque
entre desconstruir ou construir
o duro mesmo
é recomeçar.

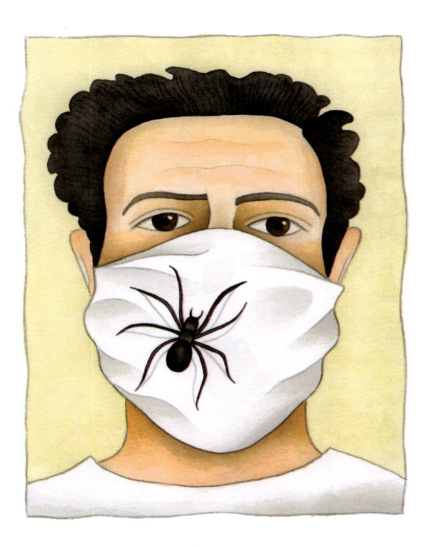

Preciso trabalhar
mas tropeço nesses cachorros
perambulando por todos os lados.

Saio de casa.
Tenho compromissos.
Pela calçada, cachorros
passeiam urinando de poste em poste.

Preciso comer mas
e esses cachorros debaixo da mesa,
salivando, gemendo e ganindo baixinho?

Penso em fugir
mas eis o xeque-mate:
algo dentro de mim
de orelha em pé
coça as costas com a perna
e uiva e rosna e late.

Aquele organismo inútil.
Aquele peso morto.
Aquela ida sem volta.
Aquela ideia brilhante
que não brilhou.
Aquele blá-blá-blá de araque,
sem beco nem saída.
Aquela viagem em vão.
Aquele poema
sem rumo nem norte
rasgado no chão.

Ando cheio de esperança,
porque cedo ou tarde
perderemos.

Mas passada essa noite
que avança,
sei que vencidos
nos uniremos.

Enquanto a terra se desmancha no chão,
os ventos fogem, gemem e gritam
e o tempo desce seu véu antes da hora,
construo minha vida
como posso:
esboços de pensamentos
migalhas de sonhos
um punhado de lembranças
dores e dúvidas
montes de medos
indignações
prazeres miúdos
planos e esperanças à toa
tudo colocado sobre essa mesa
que revoa.

Certezas e verdades absolutas
escapam na forma de insultos
pelos vãos indiscutíveis
dos seus dentes
enquanto
verdades e certezas absolutas
escapam na forma de insultos
pelos vãos indiscutíveis
dos meus dentes.

No ar, o sangue
derramado
dos afetos.

Vou ser sincero:
autorizo você a fazer
exatamente
tudo o que eu quero.

Sonhei uma árvore
planejei
desenhei
detalhei
fabriquei
soltei uma árvore.

Debaixo da sombra,
imagino sementes
e invento frutos.
Sinto uma força interna.
Serão raízes?

Caminho dias e noites.
Viajo volto subo desço paro ando.
Sigo do começo ao fim
com essa árvore
delicada vagando
frondosa
dentro de mim.

Dessa vez, não errei.
Tive um sonho sagrado:
construir o futuro
que jamais verei.

Ninguém é igual a ninguém mas
– mistério profundo –
todo mundo
parece
todo mundo.

Já saltei muros mais altos que eu.
Rasguei uma camisa de força feita de propaganda,
crenças e prescrições.
Cruzei o negrume de noites que me deixaram cego.
Fugi do mar onde me atiraram ferido
sem saber nadar.

E o sonho colorido que não rolou?
E a mão entalada no vespeiro?
E a montanha incalculável de besteiras?
E o tiro no pé?

Já andei na beira da beira da beira da beira.

Continuo aqui inteiro
vivinho da silva
cheio de esperança
livre do medo
com planos de tocar piano
inventar alguma coisa
e acordar bem cedo.

Ricardo Azevedo

Fazer projetos
sabendo que vamos morrer,
eis onde se esconde
a alegria de viver.

A certeza na alma.
A pele dura.
A boca atravessada
de riso e espanto.

O barraco, o barranco,
o moleque sem escola,
o corpo bailarino
no dia de festa.

E dá-lhe trampo.
E dá-lhe falta de grana.
E dá-lhe tempo perdido
na fila do posto de saúde.

O bilhete de loteria.
O jogo do bicho.
A vela acesa a reza a promessa
pro santo protetor.

Labirinto dia e noite.
Esperança noite e dia.
Eis o sufoco sem nexo nem saída
da vida do pobre.

(Segunda versão do poema "Pobreza", do livro *Ninguém sabe o que é um poema*, Ática, 2004.)

Joguei uma pedra pro alto
pelo prazer
de jogar.

Joguei a tal pedra à toa.
Não sei por quê.
Não sei pra quê.

Agora onde quer que eu vá
– ninguém em volta percebe –
uma sombra me persegue.

Já estou acostumado.
Pra mim não tem solução.
Meu destino é essa pedra
vindo na minha direção.

Ricardo Azevedo

Uma técnica certeira.
Um programa eficaz.
Um método infalível
de andar pra trás.

Convivemos bem.
Achamos natural.
Curtimos numa boa.
Isso sempre foi assim.
Todo mundo faz.
Todo mundo sabe.
Tanto que estamos
teimosa
malandra
gostosa
espantosa
vergonhosa
criminosa
brutalmente
acostumados.

Ricardo Azevedo

O poeta agora parece
um mero divulgador.

Defende um monte de ideias
em que nunca acreditou.

Promove o que não conhece,
descreve o que nunca viu.

Inventa, lamenta e chora
a dor que jamais sentiu.

Em memória do grande poeta Fernando Pessoa.

Ricardo Azevedo

Não guardo mágoa.
Sei que nasci pra ser um peixe
fora d'água.

Encontrar o lugar para se perder.
Reviver no detalhe o nunca vivido.
Descobrir o fim do início
no recomeço.
Eis a lógica da semente:
crescer lutar
ir em frente
aos barrancos e trancos
sem plano nem rota
assim mesmo
apenas avançar seguir
recomeçar e recomeçar
livre luminosa
corajosamente
a esmo.

Então o mundo parou.
Deixou de rodar em torno do sol.
Deixou de girar em volta de si mesmo.
Virou o corpo, estancado na imensidão.

Estrelas ao longe perguntavam por que
a bola azulada de água e terra
não enfeitava mais o universo.

O mundo deixou de respirar.
A tristeza tomou conta de tudo.
E os corpos celestes, em silêncio, meditaram
sobre a existência, o destino e a morte.

Foi quando uma luzinha rebrilhou
no fundo da bola inerte.
E depois, outra, outra e outra.
E a bola se mexeu.

Primeiro, em torno de si mesma,
mais tarde, de novo, ao redor do sol.
E pouco a pouco o movimento ganhou vida.

E agora a bola azulada gira cada vez mais forte
e suas cores arremessam brilhos no espaço.
E assim o organismo luminoso
sacudindo terras e águas
retoma seu percurso
magistral.

Ninguém merece:
fotografar a si mesmo
tendo como pano de fundo
um mundo que
apodrece!

Tem político
que abre a boca
e por pouco não me perco
diante de tanto esterco.

Afinal, quem sou eu?
Um cara nascido no ano tal,
no dia tal do mês tal,
na cidade tal do país tal,
filho de fulano e fulana de tal?

Ou sou um enxame ambulante
de células, moléculas e átomos,
falando besteira
e andando pra cima e pra baixo?

Posso estar errado, mas, afinal,
quem é o responsável pelo que faço?
Sou eu mesmo?
Ou é meu DNA o grande culpado?

Não dá pra ir adiante
sem dizer que o ser humano
é sempre um sonho
ambulante

Ricardo Azevedo

Viver com a certeza absoluta
de ser ninguém.

Andar a esmo
sem pertencer a lugar algum.

Ser culpado ou inocente,
tanto faz.

Trazer lembranças de um mundo
que já acabou.

Seguir em frente
não importa para que lado.

Eis a doença
a sina e o dom
do refugiado.

Ricardo Azevedo

Descobri hoje e doeu:
faz muito tempo que eu
não sou mais eu.

Famosa fica grávida,
mas não sabe quem é o pai.

Bacana dá entrevista e ensina
que a terra é plana.

Influenciador revela intimidades
mas esconde suas dores
do alegre enxame
de seguidores.

Enquanto isso
abusados e abusadores
– tanto faz –
apodrecem atrás das grades
chamadas redes sociais.

Ricardo Azevedo

Mijo de poste em poste
feito um cão.

Rabisco meu nome
em tudo quanto é canto.

E acelero e breco na contramão.
E quebro a cara de quem discordar.
E chuto a cara de quem concordar.

Eis meu compromisso:
destruo, logo, existo!
(e depois volto pro lixo.)

Ricardo Azevedo

Vivo espantado
porque ando certo
de que estou errado!

Maltrapilha, mal falada,
humilhada, desprezada,
lá vai pela estrada afora,
bela, forte e frágil,
essa velha luz que avança:
a esperança.

Ricardo Azevedo

O meu amor é fogo
Quando ele pega
Sai do meu corpo
Queima e semeia tudo

Como se fosse um mistério
Ele guia minha vida
Ilumina meu caminho sob o sol

O meu amor é joia
Que me enfeita
Abre meu corpo
E deixa tudo brilhante

Quero te dar um presente
Nessa caixa de veludo
Tem um sonho diamante
Que eu guardei
Pra você
Guardei
Pra viver
Um dia

Homens encapuçados
com botas, revólveres e metralhadoras
andam com suas lanternas pela cidade
investigam perseguem interrogam
prontos para prender e matar
todo e qualquer outro
ponto de vista.

Foi um troço que me deu
e passou raspando
entre ela e eu.

Ricardo Azevedo

Uma educação de verdade
que coloque toda a gente
vivendo em pé de igualdade.

E que faça o estudante,
seja rico, seja pobre,
seja preto, seja branco,
aprender com qualidade.

Uma escola que ensine seus alunos
a pensar e a criar,
pra depois, lance por lance,
num timinho ou num timão,
encarar qualquer partida
tendo sempre a mesma chance
nesse jogo inesperado
que é a vida.

Por que não?

Trago minha solidão
tatuada na palma
da sua mão.

Ricardo Azevedo

Quando eu nasci, nenhum anjo deu as caras.
Disseram apenas que o parto foi difícil,
tanto que minha mãe
quase cem anos hospitalizada
nunca mais conseguiu chegar perto de mim.

Meu pai – Prometeu
acorrentado a verdades imaginárias –
zanzava pela vida culpado
por erros que não cometeu.

Firme e forte em rota de colisão
nossa família boiava
navegando noutros mares.
Ilha cercada de crenças e entulhos.
Navio sem casco.
Vida faminta de lugares
inexistentes.

Diante da paisagem que me pariu,
me virei como pude.
Eis porque às vezes sou gentil,
às vezes rude.

Por andar à margem,
deslavei minhas mãos
como pude.

Por meio de lições e exercícios,
desaprendi a língua e as crenças
que me ensinaram
em vão.

Só agora me sinto pronto
para viver nessa terra
estrangeira
onde nasci.

Conhecendo o autor

Ricardo Azevedo
Um poeta boiando no ar

Ricardo José Duff Azevedo, nascido em São Paulo em 1949, é um renomado escritor, ilustrador e pesquisador brasileiro. Bacharel em Comunicação Visual pela Faculdade de Artes Plásticas da Fundação Armando Álvares Penteado (FAAP), Ricardo obteve mestrado e doutorado em Letras pela Universidade de São Paulo (USP). Filho do pensador da Geografia Aroldo de Azevedo e neto do ex-presidente da Câmara dos Deputados Arnolfo Rodrigues de Azevedo, a influência intelectual e cultural de sua família foi marcante.

Sua carreira literária começou precocemente, aos 17 anos, com a primeira versão do livro *Um homem no sótão*, publicado novamente 15 anos depois, em 1982. Desde então, Ricardo Azevedo produziu mais de cem obras, consolidando-se como uma figura proeminente na literatura infantojuvenil. Seus trabalhos foram reconhecidos internacionalmente, sendo publicados em países como França, Portugal, México, Alemanha e Holanda.

"Para mim literatura é uma forma de conhecimento. Uma tentativa de compreender a gente mesmo, a vida e o mundo."

Conhecendo o autor

Além de seu talento como escritor, Ricardo é também um habilidoso ilustrador, responsável pela arte de grande parte de seus livros. Sua formação em comunicação visual e sua experiência como publicitário até 1983 contribuíram para o desenvolvimento de uma linguagem única e cativante em suas obras.

Um aspecto distintivo do trabalho de Ricardo Azevedo é sua forte ligação com a cultura popular brasileira. Como pesquisador, explorou diversas formas literárias ancoradas nos contos populares, enriquecendo suas narrativas com elementos tradicionais. Títulos como *Contos de enganar a morte* e *Armazém do folclore* exemplificam essa abordagem, ambos publicados pela Editora Ática.

O autor também se destaca por suas reflexões sobre diferentes pontos de vista, evidenciadas em obras como *O livro dos pontos de vista* (Ática), nas quais personagens diversos compartilham suas versões sobre convivência. Outros sucessos incluem *Um homem no sótão*, *Uma velhinha de óculos, chinelos e vestido azul de bolinhas brancas* (Companhia das Letrinhas), *O livros dos pontos de vista*, *O livro das palavras* (Editora do Brasil) e *Nossa rua tem um problema* (Ática).

Ricardo Azevedo acumula prêmios ao longo de sua carreira, como o prestigioso Prêmio Jabuti, recebendo reconhecimento por obras como *Alguma coisa, Maria Gomes, Dezenove poemas desengonçados, Fragosas brenhas do mataréu* e *Caderno veloz de anotações, poemas e desenhos*. Seu legado na literatura infantojuvenil é marcado não apenas pela qualidade literária, mas também pelo compromisso com a promoção da cultura popular e o estímulo à diversidade de perspectivas.

Obras do autor

A casa do meu avô
Armazém do Folclore
Aulas de Carnaval e outros poemas
Contos de adivinhação
Contos de bichos do mato
Contos de enganar a morte
Contos de espanto e alumbramento
Contos e lendas de um vale encantado
Dezenove poemas desengonçados
Feito bala perdida e outros poemas
Fragosas brenhas do mataréu
Histórias de bobos, bocós, burraldos e paspalhões
Marinheiro rasgado
Meu livro de folclore
Ninguém sabe o que é um poema
No meio da noite escura tem um pé de maravilha!
Nossa rua tem um problema
O leão Adamastor
O leão da noite estrelada
O livro dos pontos de vista
O livro dos sentidos
Se eu fosse aquilo
Trago na boca a memória do meu fim
Um homem no sótão
Zé Pedro e seus dois amores e outras histórias

Para Gostar de Ler:
Pequenos textos de grandes autores

A cuidadosa escolha dos textos é a característica marcante da série Para Gostar de Ler. Os livros trazem crônicas, contos e poemas de mestres da literatura brasileira e universal. Confira alguns títulos:

Volumes 1 a 5 – Crônicas
Carlos Drummond de Andrade, Fernando Sabino, Paulo Mendes Campos e Rubem Braga

Volume 6 – Poesias
José Paulo Paes, Henriqueta Lisboa, Mário Quintana e Vinicius de Moraes

Volume 7 – Crônicas
Carlos Eduardo Novaes, José Carlos Oliveira, Lourenço Diaféria e Luís Fernando Veríssimo

Volumes 8 a 10 – Contos brasileiros
Clarice Lispector, Graciliano Ramos, Ignácio de Loyola Brandão, Lima Barreto, Lygia Fagundes Telles, Mário de Andrade e outros

Volume 11 – Contos universais
Edgar Allan Poe, Franz Kafka, Miguel de Cervantes e outros

Volume 12 – Histórias de detetive
Conan Doyle, Edgar Allan Poe, Marcos Rey e outros

Volume 13 – Histórias divertidas
Fernando Sabino, Machado de Assis, Luís Fernando Veríssimo e outros

Volume 14 – O nariz e outras crônicas
Luís Fernando Veríssimo

Volume 15 – A cadeira do dentista e outras crônicas
Carlos Eduardo Novaes

Volume 16 – Porta de colégio e outras crônicas
Affonso Romano de Sant'Anna

Volume 17 – Cenas brasileiras – Crônicas
Rachel de Queiroz

Volume 18 – Um país chamado Infância – Crônicas
Moacyr Scliar

Volume 19 – O golpe do aniversariante e outras crônicas
Walcyr Carrasco

Volume 20 – Histórias fantásticas
Edgar Allan Poe, Franz Kafka, Murilo Rubião e outros

Volume 21 – Histórias de amor
William Shakespeare, Lygia Fagundes Telles, Machado de Assis e outros

Volume 22 – Gol de padre e outras crônicas
Stanislaw Ponte Preta

Volume 23 – Balé do pato e outras crônicas
Paulo Mendes Campos

Volume 24 – Histórias de aventuras
Jack London, O. Henry, Domingos Pellegrini e outros

Volume 25 – Fuga do hospício e outras crônicas
Machado de Assis

Volume 26 – Histórias sobre ética
Voltaire, Machado de Assis, Moacyr Scliar e outros

Volume 27 – O comprador de aventuras e outras crônicas
Ivan Angelo

Volume 28 – Nós e os outros – histórias de diferentes culturas
Gonçalves Dias, Monteiro Lobato, Pepetela, Graciliano Ramos e outros

Volume 29 – O imitador de gato e outras crônicas
Lourenço Diaféria

Volume 30 – O menino e o arco-íris e outras crônicas
Ferreira Gullar

Volume 31 – A casa das palavras e outras crônicas
Marina Colasanti

Volume 32 – Ladrão que rouba ladrão
Domingos Pellegrini

Volume 33 – Calcinhas secretas
Ignácio de Loyola Brandão

Volume 34 – Gente em conflito
Dalton Trevisan, Fernando Sabino, Franz Kafka, João Antônio e outros

Volume 35 – Feira de versos – poesia de cordel
João Melquíades Ferreira da Silva, Leandro Gomes de Barros e Patativa do Assaré

Volume 36 – Já não somos mais crianças
Katherine Mansfield, Machado de Assis, Mark Twain, Osman Lins e outros

Volume 37 – Histórias de ficção científica
Edgar Allan Poe, H. G. Wells, Isaac Asimov, Millôr Fernandes e outros

Volume 38 – Poesia marginal
Ana Cristina César, Cacaso, Chacal, Francisco Alvim e Paulo Leminski

Volume 39 – Mitos indígenas
Betty Mindlin

Volume 40 – Eu passarinho
Mário Quintana

Volume 41 – Circo de palavras
Millôr Fernandes

Volume 42 – O melhor poeta da minha rua
José Paulo Paes

Volume 43 – Contos africanos dos países de língua portuguesa
Luandino Vieira, Luís Bernardo Honwana, Mia Couto, Ondjaki e outros

Volume 44 – A loira do banheiro e outras histórias
Heloisa Prieto

Volume 45 – Antes de virar gigante e outros histórias
Maria Colasanti

Volume 46 – Cara ou coroa?
Fernando Sabino

Volume 47 – Histórias sobre leituras, livros e leitores
Marina Colasanti, Ana Maria Machado, Moacyr Scliar, Paulo Mendes Campos e outros

Volume 48 – Nas asas do mar
Ana Maria Machado

Volume 49 – Onde já se viu?
Tatiana Belinky

Volume 50 – Se eu fosse aquilo
Ricardo Azevedo

Volume 51 – Ver de novo: histórias de meio ambiente
Alberto Caeiro, Artur Azevedo, Caetano Veloso, Caio Fernando Abreu e outros

Para conhecer os livros da série *Para Gostar de Ler*, acesse www.coletivoleitor.com.br

Esta obra foi composta nas fontes Knockout, FFScalla Sans e Electra, sobre papel Offset 90 g/m², e impressa em 2024 para a SOMOS Educação.